AF246050

RÉPONSES DIRECTES

A L'IDÉE CAPITALE

CONTENUE DANS LA PROPOSITION

DE M. BARTHÉLEMY.

(Extrait de la Huitième Livraison du Politique.)

PARIS,

DE L'IMPRIMERIE DE COSSON, RUE GARENCIÈRE, N° 5.

1819.

RÉPONSES DIRECTES

A L'IDÉE CAPITALE

CONTENUE DANS LA PROPOSITION

DE M. BARTHÉLEMY.

(Extrait de la Huitième Livraison du Politique. *)*

§ Ier

Considérations Préliminaires.

M. Barthélemy a proposé de revoir, c'est-à-dire de refaire la loi des élections.

Il a fondé cette demande sur deux motifs différens et qui doivent être examinés séparément.

Il a dit :

» Dans tous les temps et dans tous les pays , les
» possesseurs des maisons et des terres, les pro-
» priétaires sont la force réelle des nations, ce
» sont eux qui sont les gardiens des mœurs et
» des institutions : aussi, en leur confiant les droits
» politiques , les législateurs n'ont point cru
» blesser la justice naturelle, parce que la civilisa-
» tion rend la propriété toujours accessible aux
» efforts persévérans de l'homme industrieux , et

» qu'elle est la récompense assurée du travail et
» de l'économie.

» L'introduction illégitime dans le corps élec-
» toral d'hommes sans fortune (des patentés), et
» que l'intrigue ou la corruption peuvent y amener,
» est une véritable injustice envers les proprié-
» taires dont elle usurpe les droits.

L'un de ces motifs est donc que cette loi est
conçue dans un mauvais esprit et qu'elle se trouve
en opposition directe avec le grand principe politique adopté généralement par tous les peuples,
et sur lequel les législateurs de tous les temps ont
basé leurs combinaisons politiques.

L'autre motif (au développement duquel
tout le surplus du discours est consacré) est
que, sous le rapport de ses dispositions secon-
daires, cette loi est très - imparfaite, puisque
les moyens d'exécution qu'elle prescrit ne sont pas
convenablement réglés, ce qui a été démontré
dans la pratique.

Je me bornerai à examiner et à réfuter la première des deux raisons que M. Barthélemy a données à la Chambre des Pairs, pour la déterminer à
prendre la résolution *que le Roi fût supplié
de proposer sur la loi des élections et sur l'orga-
nisation des colléges électoraux les modifica-
tions dont elle peut paraître susceptible.*

C'est-à-dire, je ne répondrai qu'au passage du discours de M. Barthélemy que j'ai cité

§. II.

Première Réponse

Nous avons déjà fait dans la septième livraison, et nous croyons devoir rappeler ici l'observation suivante :

Les propriétaires des terres et des maisons dont les capitaux ne sont point engagés dans des entreprises industrielles désirent en général obtenir des places dans le gouvernement, parce que c'est pour eux le seul moyen d'accroître leur considération et leur aisance, ce qui est le but commun d'ambition de tous les hommes.

Il résulte donc, de la position d'aisance et de désœuvrement dans laquelle se trouvent les propriétaires de terres et de maisons qui ne sont point engagés de leurs personnes et de leurs capitaux dans des entreprises industrielles, qu'ils sont éminemment corruptibles, c'est-à-dire qu'ils ne répugnent point à accepter des places dans le gouvernement, et qu'ils sont même disposés à faire ce qui peut plaire au ministre de qui dépendent les places qu'ils désirent obtenir.

Il résulte également, du désir qu'ils ont d'accroître leur aisance et leur considération, au moyen de places dans le gouvernement, qu'ils sont disposés à conserver au gouvernement le plus de pouvoir possible, et qu'ils veulent le laisser le maître de disposer de beaucoup d'argent; qu'ils sont, en un mot, défenseurs nés de l'arbitraire et opposés à la diminution de l'impôt, puisque l'établissement de la liberté et de l'économie diminuerait l'importance des places qui sont l'objet de leurs désirs.

Voilà les dispositions politiques dans lesquelles se trouvent les propriétaires d'immeubles en résultat de leur position sociale, et c'est à cette classe d'électeurs que M. Barthélemy accordé sa protection; c'est à cette classe qu'il désirerait que le droit de nommer les députés chargés du soin de voter l'impôt et de régler les dépenses publiques fût exclusivement accordé.

Voyons maintenant quelles sont les dispositions politiques dans lesquelles se trouvent, en résultat de leur position sociale, les industriels payant 3oo fr. d'imposition.

Les citoyens dont les capitaux sont engagés dans des entreprises industrielles ne désirent pas moins que les propriétaires d'immeubles accroître leur considération et leur aisance, mais la route qu'ils prennent pour atteindre le même but est tout à fait différente. Il résulte de la marche qu'ils suivent :

1° Qu'ils n'ambitionnent point de places dans le gouvernement, parce qu'ils ne pourraient pas les remplir sans abandonner la surveillance de travaux du succès desquels dépendent l'accroissement et même la conservation de leur fortune.

2° Qu'ils ne désirent point conserver au ministère plus de pouvoir qu'il n'en a besoin pour maintenir l'ordre public, parce que, leur position ne leur permettant point d'occuper de place du gouvernement, ils se trouvent destinés à supporter toujours l'arbitraire, sans pouvoir jamais l'exercer.

3° Qu'ils désirent nécessairement que la Chambre soit composée de députés intéressés à la plus grande diminution possible de l'impôt, parce que l'impôt, vu leur position sociale, est toujours supporté par eux sans que son accroissement puisse jamais tourner à leur profit.

En résumant cette première réponse, je dis :

La loi des élections a dû diminuer dans les colléges électoraux l'influence des propriétaires de terres et de maisons en tant que propriétaires d'immeubles, et elle a dû accroître l'importance des industriels en tant que propriétaires d'objets mobiliers, car sans cela cette loi aurait été conçue dans un esprit contraire à l'intérêt national.

Et je dis ensuite :

La proposition de M. Barthélemy, de faire à la loi des élections des changemens tendant à rendre aux propriétaires d'immeubles l'influence qu'ils exerçaient sur les élections avant la promulgation de la loi dont il demande la révision, est diamétralement opposée aux intérêts de la nation.

§. III.

Deuxième Réponse.

Le mode d'élection établi en Angleterre donne aux grands propriétaires de terres une influence énorme sur la nomination des députés à la Chambre des communes.

Qu'est-il résulté de ce mode d'élection et des choix qui s'en sont suivis ? qu'est-il résulté en un mot de la composition de la Chambre des communes en Angleterre ?

Il en est résulté :

1.º Que la majorité de la Chambre des communes a été constamment corrompue par le gouvernement, et qu'elle n'a été le plus ordinairement qu'un instrument dans les mains du ministère, contre lequel elle n'a jamais défendu les intérêts nationaux.

2° Qu'elle a laissé le ministère endetter la nation anglaise de plus de vingt milliards.

3° Qu'elle a laissé les impôts sur les consommations s'élever au point que les particuliers aisés sont obligés de donner à la classe ouvrière une espèce de solde pour la mettre en état de subsister, parce que sans cela son travail ne lui suffirait pas pour vivre (1).

4° Qu'elle a laissé le ministère se livrer, à l'égard des autres peuples, à des projets de domination, qu'elle lui a laissé dépenser des sommes immenses pour conquérir l'empire des mers et pour s'assurer le commerce exclusif du globe, ce qui a fait le mal de la nation anglaise au dedans, puisqu'elle a des charges énormes à supporter; ce qui a fait son mal au dehors, puisque tous les autres peuples l'ont prise en aversion.

5°. Enfin qu'elle a laissé se former et se mûrir, par la classe industrielle et par celle des petits propriétaires, un projet de réforme parlementaire qui finira nécessairement par causer une révolution

______

(1) L'impôt des pauvres et les aumônes volontaires s'élèvent en Angleterre à plus de huit cent millions de francs par an.

que sa mise en exécution déterminera tôt ou tard.

Je réponds à M. Barthélemy :

Le Roi, qui a habité long-temps l'Angleterre, avait été à portée de juger les inconvéniens qui résultaient de l'influence exercée par les grands propriétaires sur les élections; il avait senti l'utilité, la nécessité de soustraire la nation française à ces inconvéniens; voilà nécessairement les motifs qui l'avaient déterminé à proposer la loi d'élection dont vous demandez la révision, c'est-à-dire la révocation. Ainsi, M. Barthélemy, votre proposition a dû déplaire au Roi, en même temps quelle a dû révolter la nation, c'est effectivement ce qui est arrivé.

§. IV.

Troisième Réponse.

Les grands propriétaires de terres sont pourvus d'une capacité administrative suffisante quand leur science dans ce genre les met en état de ne pas dépenser plus que leur revenu; en un mot cette classe de citoyens n'administre que des revenus.

Le capital des industriels se trouvant employé dans leurs entreprises, l'économie n'est pas pour eux une capacité administrative suffisante, car il faut non seulement qu'ils n'entament pas leurs capitaux, mais encore qu'ils viennent à bout de rendre productives les opérations auxquelles ils les emploient; en un mot, les propriétaires indus-triels administrent des capitaux, tandis que les propriétaires immobiliers n'administrent que des revenus; et comme il faut plus de capacité pour administrer des capitaux que des revenus, les in-dustriels sont en masse de meilleurs administra-teurs que les propriétaires d'immeubles.

De là il résulte que la loi des élections a bien servi les intérêts nationaux en donnant une plus grande influence aux industriels qu'aux proprié-taires fonciers sur les nominations.

De là il résulte également que la proposition de M. Barthélemy est diamétralement opposée aux intérêts nationaux.

§. V.

Quatrième Réponse.

L'oisiveté est la mère de tous les vices. Les propriétaires fonciers peuvent se livrer à l'oisi-veté, les propriétaires industriels sont forcés par leur position d'être laborieux.

Donc la loi des élections tend à composer la Chambre des députés d'hommes vertueux, et la proposition de M. Barthélemy tend à faire régler les intérêts des hommes laborieux par les gens oisifs.

§. VI.

Cinquième Réponse.

Les propriétaires industriels forment la classe de citoyens la plus intéressée au maintien de l'ordre, car c'est la classe qui souffre le plus du désordre. Une supposition rendra mon idée à cet égard parfaitement claire.

Je suppose que toutes les boutiques et tous les magasins de Paris soient pillés. Tous les industriels Parisiens se trouveraient avoir perdu leurs capitaux et ils resteraient endettés ; car, d'après le proverbe *point de commerce sans crédit*, ils doivent une partie de leurs marchandises. Les propriétaires des maisons, ni ceux des terreins sur lesquels les maisons sont bâties n'auraient rien perdu.

Je suppose que le désordre soit plus grand, et que Paris soit incendié.

Les propriétaires industriels seraient ruinés et resteraient endettés ; les propriétaires des maisons auraient perdu leur fortune, mais il ne seraient

point endettés par l'effet du désordre ; les propriétaires des terreins n'auraient rien perdu.

Les propriétaires industriels sont les plus intéressés de tous au maintien de l'ordre et de la tranquillité, et les propriétaires de maisons ont plus de
raisons de craindre le désordre que les propriétaires
de terres, qui sont de tous les plus à l'abri des mal-
heurs que les insurrections peuvent occasionner.

La loi des élections tend à faire coopérer à la
formation des lois les propriétaires les plus intéressés au maintien de l'ordre, la proposition de
M. Barthélemy a pour objet de faire fabriquer les
lois exclusivement par les propriétaires les moins
intéressés de tous à la tranquillité et au maintien
des propriétés de la part des prolétaires.

§. VII.

Sixième Réponse.

La force d'une loi est énorme quand elle pousse
la société dans la même direction que le progrès
des lumières.

Réciproquement la force de la société contre
une loi qui s'oppose aux progrès des lumières est
incalculable.

Toute la question se réduit donc à vérifier laquelle des deux choses politiques est dans la direc-

tion des lumières; si c'est la loi des élections ou la proposition de M. Barthélemy.

Un coup-d'œil rapide donné à l'histoire de la propriété suffira pour éclaircir ce fait.

A l'origine de la monarchie française, les industriels étaient dans l'esclavage, ils étaient attachés à la glèbe, ils faisaient eux et ce qu'ils produisaient partie de la propriété des possesseurs de terres ; la loi ne reconnaissait point de propriété industrielle distincte de la propriété du sol.

Les grands propriétaires terriens, écrasés par les dépenses que les croisades leur occasionnèrent, obligés d'user de tous les moyens en leur pouvoir pour se procurer de l'argent, concédèrent, moyennant un prix convenu, la liberté aux industriels, et de ce moment ce que les industriels produisirent fut considéré comme propriété industrielle.

Depuis cette époque les industriels ont toujours acquis de l'importance aux dépens des propriétaires fonciers. Depuis cette époque les lois ont été de plus en plus favorables aux propriétés industrielles, et elles ont de plus en plus diminué la suprématie sociale primitivement accordée aux propriétaires terriens.

Enfin la loi des élections appelle les industriels,

à raison des propriétés industrielles qu'ils possè-
dent, à concourir à la formation de la loi ; donc
cette loi pousse la société dans la même direction
que la civilisation, qui tend de plus en plus à donner
de l'importance politique aux hommes laborieux
et à diminuer celle des gens inoccupés ; donc
M. Barthélemy, en réclamant contre la disposition
de cette loi favorable aux industriels, entre direc-
tement en opposition avec les progrès de la civilisation, de même qu'avec les intérêts de la nation
et avec ceux du Roi.

§. VIII.

Septième réponse.

Si la proposition de M. Barthélemy était ac-
ceptée, le gouvernement ne trouverait plus le
même appui dans l'industrie dont il ne saurait se
passer, ayant continuellement besoin d'argent.

En résumant toutes les raisons que j'ai données
ci-dessus, je dis que la proposition de M. Barthélemy est contraire aux intérets de la nation, à
ceux du Roi et à ceux du gouvernement; je dis
qu'elle est opposée à la morale, aux progrès de la
civilisation, aux observations faites sur la constitu-

tion anglaise, ainsi qu'aux leçons que l'expérience de ce qui s'est passé dans la Chambre de 1815 a données au parlement, et je conclus que la proposition de M. Barthélemy doit être rejetée.